나뭇가지의
소망

나뭇가지의 소망

발행일   2021년 3월 24일

지은이   고경봉
펴낸이   손형국
펴낸곳   (주)북랩
편집인   선일영   **편집**   정두철, 윤성아, 배진용, 김현아, 이예지
디자인   이현수, 김민하, 한수희, 김윤주, 허지혜   **제작**   박기성, 황동현, 구성우, 권태련
마케팅   김회란, 박진관
출판등록   2004. 12. 1(제2012-000051호)
주소   서울특별시 금천구 가산디지털 1로 168, 우림라이온스밸리 B동 B113~114호, C동 B101호
홈페이지   www.book.co.kr
전화번호   (02)2026-5777   **팩스**   (02)2026-5747

ISBN   979-11-6539-679-4 03810 (종이책)   979-11-6539-680-0 05810 (전자책)

고경봉 시집

나뭇가지의
소망

"겨울의 앙상한 나뭇가지를 보면,
나이 드신 어머니의 손실을
보는 듯하다"

북랩 book Lab

　겨울의 앙상한 나뭇가지를 보면 나이 드신 어머니의 손길을 보는 듯하다. 그동안 우리에게 얼마나 많은 것을 주었는지 모른다. 더위를 피할 그늘을 주고, 꽃을 피워 보는 눈들을 즐겁게 해 주고, 꿈 잃은 사람에겐 초록빛으로 꿈을 다시 일으켜 세우고, 낙엽으로 우리의 영혼을 되돌아보게 하면서도 자랑하지 않는다. 우리도 나뭇가지처럼 사랑의 손길을 내밀며 살 수 있기를 소망해 본다.

　코로나바이러스로 일상이 무너져 지내기 힘들었던 한 해를 넘긴 것에 안도하며, 함께해 주신 하나님께 감사드리고, 서로에게 힘이 되어 준 가족과 친구들에게 감사의 마음을 전하고 싶다.

2021년 3월
한물결 고경봉

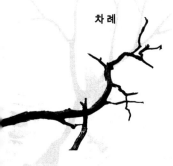

차 례

삶

추억

자연

봄

여름

가을

겨울

영혼

새벽

지는 달의 아쉬움과
뜨는 해의 설렘이
잠든 마음의 창을 두들기고
아스라이 들려오는
다윗의 비파 소리
잠든 영혼을 깨운다
밤을 지새운 이슬은
노숙자 곁에서
울다가 잠이 든다

불꽃

사노라 멍든 가슴에
피다가 만 꽃
애처로워 불사르면
재만 남고 더 탈 것 없어
멍하니 하늘을 바라보면
내미는 손에 들린 꽃 한 송이
가슴에 품으면
꺼지지 않는 불꽃 되어
갈 길을 밝힌다

길 잃은 나그네

어둡던 세상을 떠나
광야에 나갔으나
길을 잃어 헤매다가
십자가를 찾는다
광야가 십자가 되어
말씀을 향해 뚜벅뚜벅 걷는다
세상이 가까이 다가오며
아침 햇살처럼 밝아 온다

시간여행

태양에 끌려가듯
시간을 타고
영원으로 떠난다
보일 듯 보이지 않는
그분으로부터
멀지도, 가깝지도 않게
돌고 돈다
회전목마를 탄 것처럼
십자가를 품고 돌아온다

은혜

바람이 떠밀어
세월이 떠밀어
여기까지 왔구나
봄 여름 가을 겨울
가슴속 박힌
사연을 들어 주네
가슴에 맺힌 눈물은
하늘만 바라보며 웃네

돌이켜 보니 지금까지 내 발로, 내 힘으로 걸어온 듯싶어도 바람에, 세월에 떠밀려 왔구나. 바람이, 계절이 하늘의 선물인 것을. 변하는 사계절은 내 마음을 속속들이 알 것만 같다. 그러니 가슴에 맺힌 한을 풀어 주고 눈물도 닦아 주지 않겠는가.

삶의 세탁

매일매일
구겨지고 때 묻은 삶
홀홀 털면 달라질까
빨아서 입으면 달라질까

붙드는 것들 내려놓으니
눈에 들어온 파릇파릇한 풀
가슴속에서 하얀 꽃으로
몽글몽글 피어난다

하늘과 바다

구름이 없다면 하늘을 바다로
섬이 없다면 바다를 하늘로 부를까
하늘이 바다 되어 비를 뿌리고
바다가 하늘 되어 세상을 씻어내고
소금처럼 살라고 짠물을 만들었네
그 사이 낀 우리네
바다처럼 하늘처럼 살다 보면
언젠가 하늘세상 되겠네

아픔

아프다는 건
영혼 깊숙한 곳에
잠수하는 일
들어갈 땐 혼자지만
나올 땐 둘이다

아픔을 통해 성장하고 성숙된다면 그 아픔은 단순한 고통이 아니다. 내 아픔을 통해 남의 아픔을 헤아릴 수 있다면 아픈 만큼 십자가에 가까이 다가가는 것. 이젠 아프기 전과 달라진 내 자신의 모습이 자랑스럽다.

우리는 한 몸

오직 하늘을 향해
무대를 달군 뜨거운 가슴들
한 사람 아프니
모두 다 아프다
하늘 아래 우리 모두
한 몸이었네

부활절 예배연극을 준비하면서 한 사람이 맹장염으로 입원하여 수술을 받고 후유증으로 더 이상 함께할 수 없게 되었을 때 새삼 한 사람 한 사람이 귀하고 소중하다는 것을 느꼈다.

발걸음

목마름 없이는
샘터 보이지 않고
들을 귀를 열지 않고는
어디로 갈지 알지 못하고
발걸음을 떼지 않으면
물가까지 아득하기만 해

기도만으로는 간구하는 결핍을 채울 수 없다. 발걸음을 뗄 때야 비로소 하나님도 도와주려고 움직이신다. 아브라함이 집을 떠나고, 룻이 이삭을 주으러 나갈 때 하나님께서 인도하시며 복을 주신 것처럼.

높임과 낮춤

아래서는 높이고
위에서는 낮춘다
높이면 달아나고
낮추면 돌아온다
높낮이의 리듬으로
달아나려는 오늘 하루를
다시 붙든다

하늘과 세상

눈 감으면 하늘
눈 뜨면 세상
어둠 속에 빛을 보면
하늘을 아는 사람
보이지 않는 것을 보며
눈 뜨고 사는 사람
하늘의 사람

빛과 그림자

빛과 그림자가
낙엽을 밟는다
낙엽은 아프지 않으면서
아프다

빛과 그림자가
영혼을 밟는다
영혼이 아프지 않으면서
아프다

두 십자가

가슴을 환히 밝혀
욕망은 어둠에 묻히고
날개를 단 영혼은
욕망에 갇혀 신음하는
다른 영혼을 찾아
십자가를 비춘다
낯선 욕망이 휘청거린다

오래전 어느 날 이른 아침, 건너편 아파트 창문에 모양이 다른 하얀 십자가 두 개가 눈에 들어왔다. 두 십자가가 무엇을 의미하는지 오랫동안 풀리지 않은 숙제였다. 십수 년이 지나 다시 문득 떠오른 두 십자가. 이제야 하나는 나의 영혼을 위한 십자가, 다른 하나는 다른 영혼을 위한 십자가라는 것을 깨달았다.

기다림

그리움의 두께가 삶의 무게라면
기다림의 길이는 영혼의 무게일까
세월의 주름이 늘어나면
그리움도 더 깊어지는데
기다림은 마냥 늘이지 못해
갈수록 무심히
하늘을 더 바라본다

삶

오늘

아 그립구나
무덤덤히 흘려보낸 지난날의 일상들
지금 사방에 널린 일상의 파편들로
삶이 찢겨 나가도
나를 찾아온 오늘 하루를
부활의 감격으로 맞이하고
다시 못 볼 오늘을
꼬옥 끌어안고 사랑하리라
뜨겁게, 거룩하게

가로등

혼자 살아도 외롭지 않네
밤이면 한잔 걸친 듯
벌게진 얼굴로
지나가는 발길에게 다가가
가슴속에 돋는
두려움을 털어 주네
세상의 빛이 된 너를 보며
나도 누군가에게
벗이 되고 싶어진다

두고 온 것

가다가 뒤돌아보면
지난날이 다가와
발길을 붙잡는다
혹시나 두고 온 게 있을까
세월을 뒤적이면
그리움이 물결치며
눈앞에 어른거린다

분수

안에 갇혀 신음하다가
뜬금없이
묻어 둔 응어리를 토해 내고
빼앗긴 삶이
용암처럼 솟구친다
저 눈먼 카멜레온이
가슴속 멍든 계절을
집어삼키면
기다린 듯 푸른 계절이
빈 가슴을 채운다

인연

대지에 발을 딛는 순간
태고의 기쁨과 눈물과
아픔이 꿈틀거린다
발밑에 다른 발자국들
켜켜이 치고 올라와서는
숱한 이야기들을 쏟아낸다
나도 이야기를 발에 담아
전할 것이다
먼 훗날 내 이야기를
들어 줄 다른 발을 찾아서

태고의 발자국들과 내 발자국이 겹쳐 서로 살아간 시대의 이야기를 나눈다 생각하니 가슴이 벅차오른다. 그런 감격을 생각하면 함부로 살 수 없을 것만 같다.

못 먹어도 고

낡은 휠체어에는
달랑 종이박스 하나
길거리 쓰레기를 뒤져도
건질 게 하나 없어
구부정한 허리가 더 굽어진다
웃고 있지는 않지만
병상에 누운
또래의 사람들에 비할까
내기라도 한다면
못 먹어도 고라고
외칠 것만 같다

나이가 80이 넘어도 집에서 쉬지 않고 리어카에 폐지를 쌓아두고 대로를 끌고 다니는 할머니, 할아버지들을 거리에서 만난다. 팔아서 손에 쥐는 게 몇 푼 안 돼도 손주에게 과자라도 사 주고 용돈이라도 줄 수 있다면, 그것이 아니라도 그저 밖에 나오는 것만으로도 족하다. 이렇게 하루하루 살아간다는 것 자체가 얼마나 감격스러운 일인가.

바보가 되었어요

할아버지가 되고 나서
바보가 되었어요
매일매일 혼자 웃어요
갓 두 달 된 손녀를 보면
웃음이 나와요
참을 수가 없어요
얼굴, 팔, 다리에
웃음이 박혀 있어요
조금만 움직여도
웃음이 쏟아져 나와요

손녀를 본 후 보내 주는 영상을 보면서 얼빠진 사람처럼 혼자 웃는다.
손녀가 하루하루 커 가는 모습이 귀엽다. 어느 날 예방주사를 맞고 나
서 울다가 그쳤는데 얼마 후 다시 서러워 우는 모습을 보며 안쓰러워
'안 아픈 주사 없을까?' 생각해 본다.

마지막 소망

사람이 세상에 왔다
떠난다는 건
하나의 우주가 나그네로 왔다가
고향으로 돌아가는 것
연어처럼 역류하여
고향 문턱에 들어서면
긴 마지막 호흡에
따뜻한 미소를 남기고 싶다

몇 년 전 부활절 예배연극에서 스데반 역을 맡으면서 세상을 떠날 때에는 "함께해 주신 하나님! 감사합니다! 내 영혼을 받아 주십시오!"라고 기도해야겠다고 다짐했었다.

날아간 꿈

차가운 푸른 하늘
새들이 힘차게 날고
멀리서 비행기가 난다
가슴속 묻어 둔 꿈도
덩달아 난다
가슴은 공중만 쳐다보고
또 보다가 새까맣게 탄다

꿈은 가슴에 품어야 꿈이다. 가슴을 떠난 꿈은 꿈이 아니다. 꿈은 어미 새가 알을 품듯이 가슴 속에 품고 키워야 하는 것.

한계

아무리 커진다 해도
키 큰 나무보다 더 높아질까
아무리 작아진다 해도
잡초보다 더 낮아질까
꿈속에 큰 나무를 키우고
가슴으로 잡초를
품을 수 있다면
더 이상 높아질 일도 없겠고
낮아지지도 않겠네

공허

창 없는 마음의 집
찾아오는 이 없고
그저 나쁜 생각의 벽돌만
쌓아 올리며
어두운 사방 벽을
하얗게 칠할 뿐
밖으로 나갈 엄두도 못 내고
텅 빈 하루가 억울해도
벽만 쳐다볼 뿐이다

내가 무섭다

빛을 등지면 어딘가로
끌고 가는 그림자

으슥한 밤길 홀로 걸으면
들려오는 발걸음 소리

자려고 누우면 뜨겁게
가슴을 달구는 심장 고동소리

꿈에서 깨어난
땀에 젖은 신음 소리

내가 무서워진다

발자국

한 시인이 아무도 없는
숲속을 걷는다
발자국마다 시가 되어
허공을 난다
저쪽에서 작지만 힘센
개 두 마리와 젊은 여인의
발자국 소리
시는 허공에 매달려 운다

오류

어쩌다 삐뚫한 생각은
완벽으로 포장한 채
뿌리박혀 있다가
세월에 쓸리고 남겨진 자국만이
가슴을 치며 홍역을 앓는다
회한의 그림자가 기웃거릴 땐
가슴에 묻어 둔 십자가가
꿈틀거린다

삶의 끈

늘 꽉 붙잡았던 삶의 끈
잠시 살짝 놓아 주면
풀 먹인 삶이 나긋해져
산다는 게 새 깃털 같아라

아름다운 길

느릿느릿 걸어도
나란히 걷는 노부부가
길에 꽃을 심는다

발걸음 맞추며 걷는
병든 어머니와 딸이
길에 꽃향기를 뿌린다

눈먼 남편의 손을 잡고
오순도순 이야기하며
걷는 아내의 손길이
길에 꽃을 수놓는다

값비싼 포장을 했다고, 길옆에 화려한 꽃들이 피었다고, 젊고 예쁜 사람들이 걷는다고 길이 아름다운 건 아니다. 함께 걷는 사람들이 만드는 발자국과 발자국, 붙잡은 손과 손이 아름다운 길을 만든다.

기다림과 그리움

절망의 어둠 속에서
희미한 불빛이
희망의 심지가 되듯
기다리는 아픔 속에
그리움을 끌어안으면
놓치지 않은 꿈
언젠가
기적처럼 다가오리라

꿈에 대한 기다림은 아픔이다. 비록 아프더라도 그리움을 간직하며 참고 기다리면 언젠가 그 꿈은 우리 앞에 다가오기 마련이다.

주름살

해마다 늘어나는
이마에 파인 고랑은
시련의 역사일까
영광의 훈장일까
땀내 배이고 눈물 머금은
지혜의 샘이 묻힌 곳일까
혹시나
숨겨진 보석 있을까
눈에 불을 켜고
고랑마다 뒤져 보리라

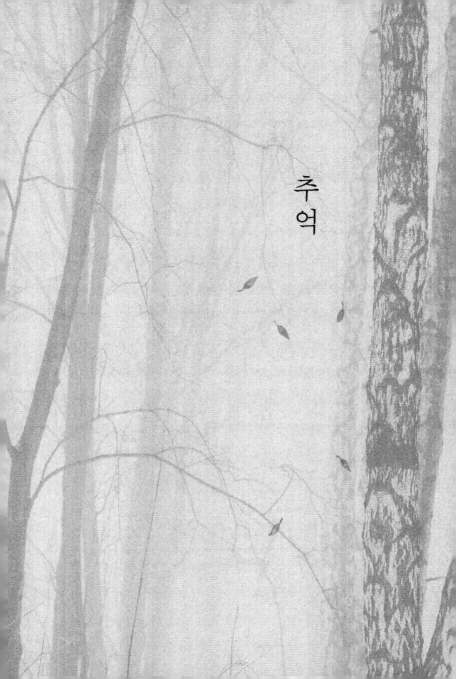

추
억

세월

흐르다가 돌에 부딪혀
이마가 깨지고 피를 흘린다
단단해져 내 곁을 지키며
나를 아직도 붙잡고 있다
누군가 그리워 울던 너
그 많던 눈물은 어디에 가고
이제는 눈만 깜빡이는가

옛 소리

참싸알-떠억
메밀-무욱
깊어진 겨울밤
칼바람을 가르고
외로움을 깨뜨리던 소리

아이스케-키이
한여름 대낮엔 어김없이
동네방네 울려 퍼져
입맛을 다시던 소리

추위도, 더위도 그 소리에
기죽어 숨어 버렸지

그 소리 그리울 땐
잠든 세월을 흔들어 본다

겨울의 추억

너무 추워 울던 바람
문풍지에 기대어 서성이고
살이 에여도 입 다문
창밖의 고드름이 보는 앞에서
화투 놀이를 하던 형제들
웃고 울다가 잠이 들고
아랫목을 빼앗은 메주는
파란 별들로 반짝이며
봄을 기다리고
입에 문 군고구마의
노란 속살 한 점이
얼어붙은 가슴을 녹여 주었지

함께 50년

함께
이 얼마나 귀한 말인가
가슴 벅찬 하늘의 선물인가
함께한 50년
땀과 사랑과 눈물과 꿈이
얼룩진 세월
함께 거리를 덮은
아련한 함성
아직도 가슴을 달군다
가는 길 저마다 달라도
함께 달리고 걸으며
여기까지 온 우리
이렇게 함께해서
우리는 청춘이다
함께한 시간들에
감사의 노래를 불러 보자
그리고

다시 함께 새해를 향해
남은 청춘을 불사르자

대학동기회 회장으로 송년회 때 '만남 50년'을 기념하며 지은 시다. 살면서 한두 번 겪을까 말까 한 특별한 날이다. 갈수록 어떤 말보다 '함께'란 말이 더 소중하게 느껴진다. 좋은 일, 어려운 일이 있을 때마다 함께해 주는 동기들이 가까이 있어 마음이 든든해진다.

코로나바이러스

춥고 길고 긴 터널
어둠에 끌려갈 뿐
언제 어디로 갈지
아무도 모른다
소리 없는 총성에
하루하루가 쓰러지고
지쳐만 간다
봄빛은 그늘에 묻히고
추억 속에서 길어 온
봄의 소리만
멍든 가슴을 달랠 뿐이다

2020년 초에 엄습한 코로나바이러스 감염은 우리를, 세계를 모두 꽁꽁 얼어붙게 만들었다. 봄이 와도 봄 같지 않았다. 우리의 일상이 무너져 하루하루 지내기가 너무 힘들었다. 코로나바이러스 없는 세상에 산다는 게 얼마나 감사할 일인지, 그리고 봄 같은 하루가 얼마나 소중한지를 다시 되돌아보게 된다.

2020년 봄

봄이 어서 나오라고
손짓한다
저마다 꼭꼭 숨어 버린다
봄은 너무 외로워
울다가 지치고
봄빛이 어느새 누렇게
시들어 간다
이젠 불러도 대답이 없다

태어나서 이렇게 외롭기는 처음이라고 고백하는 것 같은 2020년 봄. 코로나바이러스가 봄을 무참히 짓밟아 버렸다. 환호하던 목소리는 사라져 버리고 누구도 가까이하지 않으니 얼마나 상심했을까. 너무 슬픈 봄이었다.

자
연

나뭇가지의 소망

사랑의 손이 되어
차가운 빈 가슴을 어루만지고
말없이 그저 주기만 할 뿐
자랑하지도 않는다
자기 같은 나뭇가지를 더 만들어
사랑의 손길을 더 많이 더 멀리
내밀고 싶어 할 뿐

사는 이유

저녁때 마주친
불그스름한 노을이
지친 하루를 끌어안고

빛 잃은 밤은 꿈을 담아
비상할 새 날개를
무거운 어깨에 달아 주고

아침엔 노란 햇살이
온몸을 어루만지며
하루를 다시 일으켜 세운다

둥근 달 1

둥근 달이 나를 보며 웃네
나도 웃네
저런 달 같은 형 있으면
겨울밤도 춥지 않을 텐데

별 하나 외롭게 우네
저런 달 같은 별 있으면
저 별도 둥글게 입 벌리고
웃을 수 있으련만

둥근 달 2

가을 밤하늘에
둥글게 피어오른
저 달을 쳐다보는
눈빛들 한데 모아
외로운 눈빛을 찾아
담을 수 있으면
달은 더 밝아지겠지
우리들의 눈빛도 더 빛날 거야

빛과 그늘

늘 올려다봤던
태양과 나뭇잎들
빛과 그늘 되어
땅바닥에 엎드렸네
아무리 밟혀도
슬퍼하지 않는다
바람과 함께 춤추며 노네

노을

해가 지면서 용틀임하며
하늘에 한 폭의 그림을 남기고
안도의 숨을 토해 낸다
일 마치고 시들어진 눈빛들
하늘에 걸린 그림을 보며
다시 피어나 초롱초롱 빛난다
저 저녁 그림이 보는 가슴들에
하늘을 심어 놓는다

빛의 물놀이

태양이 빛들을
세상 구경 시키네
빛이 시냇물에 무등 타고
뒹굴며 노네
물이 가자 가자 해도
들은 척도 않네
빛에서 눈 떼지 않는
태양처럼

엄마와 아이들은 뭔가에 집중하는 면에서는 비슷하다. 그러나 집중하는 대상은 전혀 다르다. 그 점에서는 사람과 하나님의 관계도 그렇지 않을까?

바람

세상을 돌고 돌다가
몸 안에 들어와
가슴이 내뱉는 소리를
잠자코 듣기만 하네
뼛속으로 가서는
한평생 살았던
이야기를 들려주네
숨죽이던 골수가
이제야 한숨을 뿜어 대며
기지개를 켜네

바람이 얼마나 많은 사람을 만나면서 얼마나 많은 사연을 간직했을까. 그런 사연을 듣다 보면 내가 겪은 일은 아무것도 아니란 것을 알게 된다. 골수에 사무친 한은 그 많은 사연 속에 묻혀 버리지만 사람은 위안을 얻으며 활기를 되찾는다.

꼬불꼬불의 미학

꼬불꼬불 굽어진
오솔길을 밟으면
시심이 일어나
가슴 뜨거워지고

꼬불꼬불 휘어진 소나무 가지
심심한 마음을 붙잡고
토닥이고

스키 타고 꼬불꼬불
길을 만들면
겨울은 쉽게 저물어 간다

억새풀

억세게 살며
너무 위만 보고 달렸나
이마엔 별을 많이 달았어도
빛나지 않는구나
이젠 부끄러워
고개마저 숙였네

갈대와 억새

수염 덥수룩한 사내와
곱게 다소곳한 여인
머리를 맞대고 얼굴을 부비며
한집에 사는 연인
바람 따라 함께 춤추고
속삭이는 사랑의 이야기에
파란 하늘도 구름에게 손짓한다

대청호반길 갈대길에는 갈대와 억새가 함께 어울리며 사이좋게 지낸다. '사람은 생각하는 갈대'라고 파스칼이 말했지만, '사람은 사랑하는 갈대'라고 해도 좋을 것 같다. 이 세상 생명 중 귀하지 않은 게 있겠는가? 그 생명은 사랑 없이는 살 수 없는 존재다. 그래서 '생각한다, 그러므로 존재한다'를 '사랑한다, 그러므로 존재한다'로 바꾸어 말하고 싶다.

들을 자는 들어라

시냇물이 강물을 만나고
바다를 만나 속삭이는 말
구경 한번 잘 했다

구름도 끼어들며 내뱉는 말
만났다가 헤어지는 게
우리뿐인 줄 아느냐

꽃잎이 떨어지면서도
슬퍼하지 않는다
때가 차서 그런 거라며

낙엽이 발에 짓밟히면서
마지막으로 남긴 말
죽어야 산다

봄

봄맞이

봄의 빗장이 열리며
얼어붙었던 물소리 들리네
억새가 봄의 소리를 듣느라
귀를 내려뜨리고
벌거벗은 나뭇가지
봄빛에 기지개 켜고
달리던 사람은 잠시 멈추어
소리와 빛으로 땀을 닦는다

봄비

갑자기 어둠에 갇힌
봄날 오후
애절하게 창문을 두들기던 소리
멀리서 다가오는 빛에 놀라
눈물로 창을 닦다 말고
소리 없이 가 버린다
눈물 자국만 남겨 두고

환희

숨죽였던 계절이
다시 기지개를 켜고
부활의 찬가를 부른다
보고 듣는 가슴은 벅차
뛰쳐나오고 싶고
흐르는 시냇물의 환호도
봄빛에 반짝이며
트림을 한다

봄의 선물

창문을 열자마자
따사로운 햇살
하늘에서 보내 준
사랑인가 봐
겨울을 뚫고 봄을 알리는
천사인가 봐
차갑던 가슴 훈훈해져
따뜻한 눈물이
묵힌 외로움을 씻어 주네

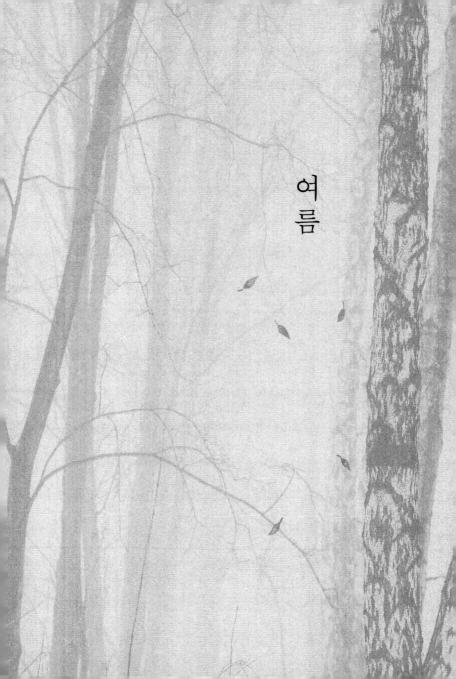

여름

가야산 소리길

쏴아-
무더위를 단숨에 빨아들이며
가슴을 휘감아
쏟어내리는 소리에
세상을 던져 흘러보내며
가부좌를 틀고 앉은
곱디고운 여인
맑은 하늘에 홀로 핀
한 조각 구름 같구나
물은 물이다 외친
스님의 목소리가
물소리에 묻혀 흘러만 간다

가야산 홍류동 계곡이 이제는 소리길로 불린다. 아직 한창 무더운 때 물소리만 들어도 가슴속이 차갑다. 이곳에는 최치원이 혼탁한 세상을 벗어던지고 수도한 농산정이 있고, 성철스님이 기거하며 도를 닦았던 백련암이 있다. 흐르는 물 앞에서 '물은 물이다'라는 스님의 외침이 공허하게 느껴진다. 물이 쉼 없이 흘러내리는 절벽을 보고 가부좌를 틀고 앉아 명상하는 젊은 여인이 예사스러워 보이지 않는다. 이곳에서 세상에 찌든 마음의 먼지라도 씻어 내고 가야겠다.

민들레꽃

지나가던 발을 붙드네
눈을 끌어내리네
숨어만 지내다가
뜬금없이 얼굴을 내밀며
시골처녀 마냥 웃기만 하네
아련한 옛 추억이
안개 속에 머뭇거린다

언젠가부터 순수함, 순박함은 어디로 가고 대신 계산적이며 탐욕적으로 변한 때 묻은 모습에 나 자신도 놀란다. 다시 민들레꽃처럼 소박함으로 돌아가고 싶다. 그때가 그립다.

우두커니 서서

장대비에 갇혀
돌다리 아래
우두커니 홀로 서서
하늘만 바라볼 뿐
비도 머뭇거리다가
힐끔 하늘을 쳐다본다

살면서 자신이 아무것도 할 수 없는 때가 있다. 이런 경우 우리는 기다리릴 수밖에. 기다림을 통해서 우리가 얻는 기쁨이 얼마나 큰지를 배우게 된다.

실낱

푹푹 찌는 무더위 속
벼락같이 스치는
실낱같은 바람
불씨가 되어 갑자기
가슴이 시원하고
피가 뜨거워진다

실낱은 절망 속에서 희망을 보는 한 줄기 빛이며 생명을 살리는 불씨다. 때로 산다는 건 결국 실낱을 찾는 일이다.

울림

텅 빈 가슴이 서성이면
여름을 작별하는
매미들의 슬픈 절규가
가슴 깊숙이 파고든다
게을러진 영혼은
지나온 자유를
물끄러미 바라보다가
소리 없이 운다

한여름의 무궁화

무더위 뚫고 홀로 핀 무궁화
지친 외로움을 끌어안네
빗소리가 눈치챈 듯
외로움을 적시며 말을 건네고
낙수한 외로움
흐르는 개울물이 멀리 떠나보낸다

가
을

깔딱고개와 낙엽

웬만큼 세상과 멀어졌다 싶은데도
작은 돌 위에 욕망을 올려놓는다
해 저물어 밟히는 신음 소리에
내려가는 발길이 울컥해져
다른 욕망을 빼앗아 밟으며
먼 하늘로 고개를 든다

산꼭대기를 오르다 보면 숨이 차올라 고개 어딘가에서 쉬고 싶은 때가 있다. 이름하여 깔딱고개. 이런 곳에 사람들은 저마다 세상의 욕망을 작은 돌 위에 올려놓고 빌고 간다. 웬만큼 세상과는 거리를 두어서 이쯤 되면 욕망의 짐을 내려놓을 만도 한데 사람들은 그 짐을 움켜쥐고 계속 오르기만 한다. 남보다 더 많이 가지고, 더 오래 산다고 해도 그만큼 더 행복해지진 않는다. 생명의 경계를 보는 눈, 듣는 귀를 가진 것이 소중한 이유다.

늦가을

빛나는 색의 향연
소리가 떨어진다
가슴을 떨어뜨린다
찬란한 빛과 슬픈 이별을
세월에 묻어 둔다
때때로 아린 가슴
어쩔 수가 없구나

낙엽

낙엽을 밟으면
그리움이 가슴속에서
고개 내밀고
잊혀진 얼굴을 숨겨 둔
낙엽이 가슴을 밟으면
그리움이 울컥 솟구쳐
눈을 가린다
눈물이 그리움을 적시며
낙엽도 촉촉이 젖어 간다

노을처럼 단풍처럼

이별이 뜨겁고
끝이 아름다운
하늘의 노을, 땅의 단풍
저 색깔들에 반해
산을 내려오면서
온몸에 밴 땀으로
세상 한구석을 불그스레
물들이고 싶어진다

이 세상에 하루를 마무리하는 저녁노을과 가을 막바지에 뜨겁게 불태우는 단풍보다 더 아름다운 색깔이 있을까? 인생을 산에 오르다가 내려오는 것에 비유한다면 거의 다 내려왔을 때 우리의 삶도 노을처럼, 단풍처럼 아름답게 마무리힐 수 있으면 좋겠다.

겨울

함박눈

온 세상 하얀데
깨진 얼음장 밑으로
졸졸졸 시냇물 소리
때 묻지 않아
하얗게 덮으려다 말고
그냥 녹아 버렸네

2017년 1월 오대산 상원사로부터 월정사에 이르는 선재길 (천년옛길) 8.5㎞를 걸으면서 눈을 실컷 밟아 보았다. 더구나 주변에 전나무들이 많아 겨울 경치가 너무 아름다웠다. 나뭇가지에 얹힌 함박눈이 마치 나뭇가지에서 돋아난 잎사귀처럼 보였다. 그런데 온통 하얗게 덮인 시냇물에 구멍이 나서 흐르는 물소리가 들리는 게 신기하게만 느껴졌다. 온 세상을 덮은 눈은 살면서 때 묻은 영혼을 씻으라고 하늘에서 보내 준 선물 같았다.

겨울 원두막

찬 바람 속 혼자 덩그러니
길목을 지키네
사람들 그리워져
지나는 사람을 멀뚱멀뚱
바라만 보네
거미들은 어디론가
숨어 버렸지

원두막엔 한여름 사람들로 북적대던 시절도 있었다. 이처럼 누구에게나 좋은 시절이 있는 법. 그러나 그것은 한때다. 그때를 아는 사람들은 거미처럼 이미 그것을 준비하고 있을 게다.

겨울나무

얼어붙은 하늘
죽은 듯한 침묵
숨 쉬다 마는 듯한 절제
속 여물고 단단해져
천년만년 비밀을 지키는
거름이 되고
속살 깊이 새겨진
삶의 소리가
인고를 채찍하며
그리움을 키운다

앙상한 나뭇가지를 붙들며 힘겹게 겨울을 버티는 나무에서 내일을 위해 오늘의 고난을 감수하는 인내의 한계를 본다. 우리도 힘든 시절을 오직 그리움만 품으며 버티고 살아오지 않았던가?

눈 오는 날

어둡던 가슴이
갑자기 밝아지고
어둠에 갇힌 걱정들이
자취를 감춘다
하얀 가슴판에
'교만이 죄'라고 적어 놓는다
아침이 열릴 때마다 들여다보면
하루를 하얗게 씻을 수 있을까 싶어

　수많은 별 중 눈에 들어오는 별 있듯이, 지나간 세월 속에 유독 별난 일들만 가슴속에 남는다. 친구들과 함께 강화도 내가저수지에서 물고기 잡아 가마솥에 불을 피우고, 매운 연기 맡으면서 끓인 매운탕 먹고는 잠들기 전에 함께 노래 부르던 일. 다음 날 전등사 언덕에서 끓여 먹던 라면이 불어 터져도 맛있었다. 넉넉지 못했던 시절 한 조각 추억이 아름다운 무지갯빛으로 새록새록 피어난다. 어쩌면 이런 추억 때문에 녹록하지 않은 세상에 살면서도 마음속에 하늘을 품고 사는 것은 아닐까?

　2017년 새해를 맞아 함박눈으로 덮인 오대산 상원사로부터 월정사에 이르는 선재길을 걸으면서 때 묻은 영혼을 씻어 내고 싶었다. 이렇게 영혼의 때를 씻으며 남은 여행을 계속할 수 있으면 좋겠다.